PRINZESSIN AUF DER ERBSE

ANNA CROISSANT-RUST

Nun sahen sie ein, daß sie eine wirkliche Prinzessin war, weil sie durch die zwanzig Matratzen und die zwanzig Eiderdunenbetten hindurch die Erbse verspürt hatte. So empfindlich konnte niemand sein, als eine wirkliche Prinzessin.

Da nahm der Prinz sie zur Frau, denn nun wußte er, daß er eine wirkliche Prinzessin besitze, und die Erbse kam auf die Kunstkammer, wo sie noch zu sehen ist, wenn niemand sie gestohlen hat.

Sieh, das ist eine wahre Geschichte.«–

»Aber du hörst ja nicht zu, du!«

»Ja, – ja freilich Ernst, ich hab' alles gehört.«

»Nein, du hast geschlafen, thatsächlich geschlafen.«

»Unsinn, ich war ganz wach, ich hockte nur so, weil –«

»Ah, bah Blech! Ich hab's g'rad gesehen. Dann sag' mir nur gleich, um was es sich gehandelt hat.«

»Um das Märchen halt von der, die im Regen vor dem Stadtthor stand und sagte, sie sei eine Prinzessin.«

»Und? –«

»Was?«

»Was noch? – Weiter, weiter!«

»Herein wollte sie halt und wollte ein Bett, weil sie's fror und – und –«

»Ja das ist der Anfang, da hattest du deine Augen noch offen, ich weiß es ganz genau. Aber jetzt kannst du sicher nicht weiter, du Erzschwindlerin.«

»Jawohl kann ich, ja wohl! Du läßt einen ja gar nicht ausreden, nicht besinnen –«

»Also ich werde mich ganz stumm verhalten, wie ein Karthäuser.«

»Ach nein, du, das kannst du nicht, nein nein! Und was ist das ein Karthäuser?«

»Ein Karthäuser ist derjenige, welcher –«

»Du mußt doch stumm sein!«

»Wenn du einen aber frägst und so idiotisch bist!«

»Das merkt der Mensch gar nicht! Ich wollte dich eben zum Reden bringen!«

» Damit du deine Geschichte nicht zu erzählen brauchst! – Kennt man. Also?« –

»Wenn du immerfort redest, vergesse ich sie natürlich.«

»Unglaublich! Frauenzimmer, Frauenzimmer, ich sag' dir – bemogeln gilt durchaus nicht; so zieht sie sich aus der Schlinge.«

»Nein, das gilt nicht, das gilt nicht! Du darfst einmal nichts sagen, du hast zu schweigen.«

»Und du zu reden.«

»Ich wette, du kannst nicht ruhig sein.«

»Oho! – Und ich, du kannst nichts erzählen. Um was wetten wir, Maus?«

»Still sein sag' ich, jetzt komm' ich –«

»Sag' nur nicht, ›sagt der Hanswurst‹! Denn das hast du sagen wollen. Gewiß, gewiß. O, ich weiß es so sicher. Ich kann das nicht leiden und immer wieder – – Unausstehlich! Du weißt doch, daß ich diese Sachen hasse, daß sie mir in den Tod zuwider sind, warum nur –«

»Jetzt mag ich auch nichts mehr erzählen.«

»Wissen wir. Dann gewinne ich eben die Wette, meine artige Gnädige ... weiter nichts.«

»Wie wenn wir überhaupt gewettet hätten, so richtig! Und dann hast du sie schon lang verloren, du Schaf!«

»Nun sollst du sie eben auch verlieren, ich möchte es zu gern, kleine Maus! weißt du danach – das ist dann immer so schön – «

»Also wo war ich?«

»Gelt du weißt's nimmer!? So schlag doch los!«

»Ja, hm! – etsch! weiß ich's. Wo die Person, die Prinzessin windelweich war vor Regen und herein wollte und der alte König aufmachte. Und weiter weiß ich auch noch. Es war recht dumm. Denn ein König macht die Stadtthore nicht auf und schon gar nicht, wenn es regnet. Lach doch nicht so, – so eigen, es ist doch dumm, und es ist dumm. Weil eine Königin nicht die zwanzig Matratzen und zwanzig Eiderbetten«

»Eiderdunenbetten sagt man –«

»Ach Gott! – also Eiderdunenbetten selbst herrichtet, weil ein Bett so hoch wird, daß man den Kopf an die Decke stößt, da kann doch kein Mensch schlafen! Und daß die verweichte Prinzessin auch noch die Erbse durchgespürt hat, das ist doch zu dumm, zu dumm, das giebt's einfach nicht! Und der Prinz hat sie deswegen zur Frau genommen; – so, so, so dumm! – Hab' ich's jetzt gewußt oder nicht? Jetzt will ich dir's aber auch sagen, daß ich doch beinahe eingeschlafen wäre, weil es wirklich zu langweilig war. Warum liest du mir auch solches Zeug vor? Ich bin doch kein kleines Kind, ich glaub's doch nicht!«

»Warum ich es dir vorlese? Damit du es nicht verstehst, das ist eben der Witz. Ich werde mich hüten in Zukunft.«

»Aber Schatz, aber Schatz warum bist du denn jetzt böse? – Schau mich nicht so an, deine Augen thun mir weh. Ich hab' doch nichts gethan? Weißt du, wenn dir die Märchen gut gefallen, lies sie nur wieder, ich schlafe nicht, Herzensschatz, nein, nein, ganz gewiß nicht. Ich kann sie dann alle nacherzählen.«

»O, wie ein Papagei, das kann die Gnädige.«

»Was hab' ich denn nur gethan, warum bist du so zornig, ich weiß nicht – «

»Das ist's eben, daß du's nicht weißt!«

»Vielleicht, wenn du mir bei so was ein bisl helfen wolltest – erklären, ich hab' doch am Ende nicht recht, und es ist doch nicht so arg dumm.«

»Hör' auf! Ich kann das Gerede nicht haben.«

»Sag' mir nur, warum du gar so bös bist? Sei wieder lieb!«

»Warum bist du bös, sei wieder lieb! es ist zum Rasendwerden! Ich hab's satt, genug, genug bis daher. Rühr' mich nicht an, ich will nichts wissen jetzt, gar, gar nichts wissen.«

Da war er schon fort, hinaus in die Dämmerung.

Wie es regnete! Die Tropfen knatterten ordentlich gegen die Scheiben, und die Dachrinne spie und plätscherte heute schon stundenlang. Ohne Regenschirm. Oh! es war schrecklich! und wie zornig er war! Wenn sie ihm nachlief und den Schirm brachte? Elisabeth schüttelte den Kopf. Nein, nein, sie wußte wie das wieder wurde, wenn er so war. Er war im Stande und schlug ihn ihr aus der Hand. Was er nur hatte! Traurig ging sie zum Fenster und hob den Vorhang von den kleinen Scheiben. Beinahe ganz dunkel draußen. Aber sie sah ihn noch den Berg hinauf rennen gegen das Dorf droben, gegen Margreten zu.

Was sie nur wieder gethan hatte!? Das that so weh, daß sie gar nichts wußte und ratlos suchte, was ihn so hart gemacht! Wie gern wollte sie ihm nachlaufen stundenweit und ihn bitten, sei nur wieder gut, sag' mir, was ich gethan, wenn er sie nur wieder ansah mit den lieben Augen – – Und es fing an sie in der Kehle zu drücken, und die Thränen kamen langsam, dann immer schneller, und sie tastete sich vom Fenster weg und im Dämmer nach dem Divan. In die Ecke gekauert schluchzte sie und ließ sich willig von ihrem Schmerz stoßen. Er that ihr Unrecht, warum kam er denn oft ganz plötzlich in Wut und behandelte sie dann ungerecht? O er war garstig, recht garstig mit ihr. Sie streichelte sich förmlich selbst vor Mitleiden. Und so kurz erst verheiratet zu sein, kaum ein paar Monate! Sogar im Anfang war er schon einigemal furchtbar zornig gewesen, in der Stadt drinnen, als Freunde bei ihnen waren. Da heraußen auf dem Lande war es ja besser, nur manchmal, wie vorhin. –

Wenn das so fortging! Was für ein Leben! Warum hatte er sie denn nicht lieber bei den Verwandten gelassen auf dem Gut? Hätte er sie halt nicht geheiratet, sie hatte ihm doch gesagt, daß sie nichts von der Stadt wisse und nichts von seinen gelehrten Sachen.

»Du kleine, dumme Maus, was brauchst du denn das zu wissen? Du sollst mir doch nicht denken helfen! Lieb sollst Du mich haben, recht, recht lieb, o es wird so schön werden!«

Genau das hatte er zu ihr gesagt, und jetzt war sie ihm doch nicht recht so, wie sie war.

Alles wollte sie ja für ihn thun, wenn er sie nur lieb hatte. Nur ein wenig, nicht so arg wie sie ihn, das konnte er nicht, das war gar nicht möglich.

Die Dunkelheit kam schnell an diesem stürmischen Märzabend, kaum unterschied man noch die Gegenstände im Zimmer in ihren verschwommenen Umrissen. Breit, wie schläfrige Ungetüme hockten die Kommode in der Ecke und der Schreibtisch am Fenster. Nur die Dielen schimmerten hell und der weiße Maueranstrich. Durch die Scheiben sah man die Bäume vor dem Hause wie im Zorn in der Luft herumfuchteln, und es platschte und platschte immer zu. Kühl wurde es auch, Elisabeth fröstelte in ihrer Ecke; wenn der Wind an den Fenstern riß und am Scheunenthor knarrte, jagte es ihr eiskalte Schauder über den Rücken. Die Bäuerin, das Nannei, hätte wohl nachschauen können, ob sie kein Feuer brauche, selbst wollte sie keins machen, es war doch alles gleich, denn ganz gewiß er liebte sie nimmer. Ganz gewiß.

Warum hatte er sie denn überhaupt geheiratet? Sie setzte sich aufrecht, halb knieend starrte sie mit aufgerissenen Augen in das Dunkel.

Warum? Warum?

Sie hatte sich so sehr gefreut, mit ihm bei den Bauern zu wohnen, bei seinen alten Freunden, dem Ani und seinem Nannei, und nicht mehr in der großen Stadt, wo sie seine Bekannten alle anstarrten, musterten, wo alles dumpf und eng war, keine Bäume, keine Blumen. –

Ach der Tag, an dem sie kamen! Ein ganz warmer, sonniger Märznachmittag, staubig, die Berge dunkelblau, das Thal hell und wie frisch gewaschen. An der Bahn war der alte Ani mit der grünen, feiertägigen Pfeife, und der Spitz Romano, der Ernst gleich bis an den Hals sprang vor Wiedersehensfreude. Und das kleine, wohlige, warme Bauernhaus mit der Holzaltane und dem breiten Dach, ganz festlich geputzt vom Nannei. Da durfte sie nun ihre zwei netten Stuben einrichten. – Die blitzblanke Freude am Neuen kam ihr wieder, das sie mit vollen Armen umschloß und an sich drückte – heimlich schlich sich leispochende Sehnsucht ein. O wieder so reich, so sorglos sein, voll dankender Liebe, voll strahlenden, kaum zu fassenden Glückes! O erste Tage voll verschwiegener Zärtlichkeit, voll heimlichen Jubels, geborgen in den niederen Bauernzimmern.

Elisabeth kam in's schaukelnde Fahrwasser der Wehmut. Von der »Stub'n« drunten tönt Anis Zither wie eine beschwichtigende Begleitung zu ihren Gedanken. Was sie nur hatte! Es war ja noch alles da!

Drunten saßen sie um den großen Tisch, Ani und die Nachbarburschen rauchten und spielten »auf«, das Herdfeuer prasselte und Nannei kochte – wie immer. Die würden sie schön auslachen, daß sie im Finstern saß und heulte! Schnell stand sie auf und zündete die Lampe an. Alles sah anders aus, sowie sie Licht hatte. Die Bauernkommode mit den blinkenden Griffen, Ernsts großer Schreibtisch mit den vielen Büchern und Heften und Photographien, ganz behaglich und stolz dabei reckten sie sich in der Stube, das Ticktack der Wanduhr klang halb spottend: na – na – na! Sie schämte sich wirklich. Wenn Ernst zurückkäme! Kein Feuer im Ofen, kein Tisch gedeckt, kein Abendbrod – Schnell, schnell jetzt. Sie war wirklich albern gewesen. Warum sollte Ernst nicht einmal verstimmt sein? Den ganzen Tag nicht aus dem Hause gekommen, kein Brief heute, keine Zeitung. Er mußte auch anfangen zu arbeiten, nicht immer nur Unsinn mit ihr machen und sich herumtreiben. Sie kannte wohl die Wichtigkeit, seine Doktorarbeit! Mit Ehrfurcht ging sie um die schon lange hergerichteten Bogen, fast hätte sie ihnen eine Verbeugung gemacht. Da kam gleich der Stolz. Was er alles wußte und hatte so ein dummes, kleines Mädel lieb! Sie! Ja, er hatte sie lieb. Das kam auf leisen Sohlen, begehrte Einlaß und machte sie glücklich, übermütig. Beinahe hätte sie das Nannei umarmt, das mit einem Arm voll Tannenästen zum Feuermachen kam. Er mag mich doch! Das sang und klang und tanzte in ihr zur Zither, zum summenden Theewasser und dem Geknatter im Ofen. Sie freute sich ordentlich, daß es draußen noch stürmte und goß, um so behaglicher würde Ernst es bei ihr finden.

Der Tisch war schön in Ordnung, die Speisen lecker und appetitlich, sie stellte sich mit gerecktem Halse, um alles zu übersehen. Wenn etwas fehlte: »Leichtsinn!«, wenn etwas krumm oder verkehrt lag » *Rustica,*«, wenn es nicht gut zubereitet war »Kameel«. Und sie ging um den Tisch herum, sagte sich die drei Lieblingswörter vor, ganz so gewichtig, wie er sie aussprach und tippte sich dabei mit dem Finger auf die Stirn, gerade wie Ernst es machte. Besonders beim Kameel verweilte sie, weil das seine Specialität war, dies innige Ruhen auf dem m »Kammmmeel«. Nein ganz so schön brachte sie es nicht fertig. Er mußte es ihr heute noch sagen, wenn auch alles gut war, zur Belohnung. Wenn er nur käme! Der Thee wurde ja schlecht, dunkel und herb; es war schon spät, er konnte doch unmöglich in der Nacht noch herumlaufen. Sie wurde schon wieder unruhig. Sie hörte die jungen Nachbarburschen weggehen, die beiden Alten in die Kammer tappen, und nun nichts mehr als den Wind und Romano, der knurrend und zankend sein Strohlager zurechtkratzte.

Wo er nur blieb! Warum er sie so allein sitzen ließ, sie konnte gar nichts essen. Aber tapfer schluckte sie ihre Sorgen hinunter. Sie wollte lesen und gerade das, was er ihr heute gelesen. Vielleicht verstand sie's, wenn sie es recht oft und recht langsam las.

Einmal. – Elisabeth schüttelte den Kopf und las wieder, schüttelte ihn abermals, aber viel, viel langsamer, legte sich im Stuhl zurück, mit dem Finger fortwährend eine Locke an den Schläfen drehend, die Augen halb zugekniffen.

Plötzlich machte sie sie weit auf und wurde ganz rot im Gesichte, dann kamen Thränen. Hilflos legte sie den Kopf auf die Arme und weinte und weinte.

Da! hörte sie nicht Schritte durch den Wind? Im Erschrecken flog sie auf, er sollte sie nicht so finden. Sie rannte nach dem Schlafzimmer, da hörte sie ihn schon auf der Treppe, geschwind die Kleider herunter und unter die Decke. Das Herz pochte ihr wie als Kind, wenn sie Unrecht gethan und auf Strafe wartete, – er war im Zimmer. Eine Weile blieb er stehen, dann ein paar Schritte, unschlüssig – Horchte er? Kam er zu ihr? Setzte er sich zum Essen? Sie hörte gar nichts mehr, weil ihr Herz so viel Lärm machte. Nun kroch sie vorsichtig an's Fußende ihres Bettes, da konnte sie den Tisch sehen, durch die halboffene Thüre, wenn sie sich nur recht weit vorbog.

Richtig, da saß er. Mit dem Rücken gegen das Schlafzimmer und den Kopf in den beiden Händen. Sie mußte an sich halten um nicht hinauszuspringen, ihm an den Hals, so allein saß er. –

Ernst konnte nichts essen, es hätte ihn gewürgt. Wie gut war er ihr wieder gewesen, wie hatte er sich nach ihr gesehnt!

Den ganzen Weg zurück hatte er ihre Augen vor sich gesehen, die scheuen Kinderaugen, in denen tief das Weib schlummerte, ihr langes, knisterndes Haar hatte er geküßt und ihre Lippen, die so zaghaft wieder küßten. Und nun? – Es war ihr Wohl nicht der Mühe wert gewesen, wegen ihm aufzubleiben? Die Geschichte von vorhin war ihr natürlich leid, weil sie sich gekränkt fühlte, – ein paar Thränlein und dann ins Bett gekrochen, es schlief sich so wohl darauf wie immer. Diese verdammte Oberflächlichkeit, was sie ihm schon für Schmerzen gemacht hatte. Konnte er denn je etwas Ernsthaftes mit ihr reden? Von seinen Sorgen? Sie würde sehr erstaunt sein und zuletzt lachen. Kindisch war sie, oberflächlich, sorglos. Da war er ja genau wieder auf demselben Punkte wie vorhin. Nicht der Streit hatte ihn fortgetrieben, der kleine Ärger. Nie wurde sie das, was er erwartet hatte. Keine Ernsthaftigkeit, kein großes warmes Mitempfinden, sie wurde kein Weib. – Und doch, und doch! Nur scheu und schamhaft vielleicht war sie. Warum lag in ihren heftigen, fast eckigen Kinderliebkosungen so viel Glut und Wärme, so viel zurückgedrängtes Sehnen? Und dabei doch dies Unreife, Naseweise, das ihn hart und grausam machte, daß er an all ihre warm umschließende, zaghafte Liebe denken mußte, an ihre händeküssende Zärtlichkeit, um sie nicht zu hassen.

Vielleicht hatte er ihr ein Unrecht zugefügt, daß er sie von dort weggenommen, sie fand sich bei ihm nicht zurecht. Oder ein Unrecht gegen sich, weil sie ihn hemmte. Jetzt, wo er so viel mit sich zu thun hatte, hätte er eine Verstehende, Helfende gebraucht. Sie, die andere, bei der er den Glauben an sich gefunden, ihr hätte er seine Sorgen klagen können – aber dies Kind, die schlafende Sorglosigkeit! –

Bis zwölf saß er auf, ohne sich zu regen. Elisabeth kniete ebensolange starr vor Kälte auf ihrem Bett. Erst als er aufstand, kroch sie zurück.

Ernst zog sich im Dunkel aus, Elisabeth hörte, wie er noch lange ruhig stand, ehe er sich niederlegte. Ihr Herz war voll Trauer und Angst. Was litt er? – Nur durch sie. In Demut vor ihm niederknieen und bitten, daß er es sage. Aber sie hatte keinen Mut, da kam gleich dies Angstgefühl, dies Fürchten vor seiner Antwort. – Schlief er? Er rührte sich nicht. Endlich hörte sie ein Knistern. »Gut' Nacht, Schatz«, sagte sie ganz leise. Keine Antwort, er schlief wohl.

Ernst lag auf dem Rücken und horchte auf das Knarren der Bäume und das Ächzen des Hauses. Der Regen hatte aufgehört, und ein blasser Mond flog durch zerrissenes Gewölke. Er sah danach. Dies Jagen und Rennen und Hasten und Streiten bannte ihn.

Da schob sich etwas zwischen ihn und das kleine Viereck des unruhigen Nachthimmels. Sachte Schritte seinem Bette zu, tastend eine Hand auf der Decke die seine suchend. Elisabeth. Ihre kalte Wange legte, sich auf seine Finger, die gelösten Haare fielen darüber, sie kniete vor seinem Bette. Kein Wort. Sie schwiegen beide.

Da fing ihre Hand an sich fester um die seine zu schließen, ihr Kopf hob sich.

»Ich verstehe es jetzt, Ernst.«

Ganz anders, tiefer, tonloser klang ihre Stimme. Ernst fühlte wie seine Schläfen hämmerten, wie es ihn würgte, er wollte reden. –

Da übermannte sie ihr Leid. Sie sprang auf, umschlang ihn mit beiden Armen und unter Küssen stammelte sie: »Ich weiß, ich weiß du bist ein wirklicher Prinz und ich bin keine wirkliche Prinzessin und du hättest mich nicht heiraten sollen. Aber ich hab' dich halt so lieb, so arg, arg lieb, behalt' mich, behalt' mich bei dir!«

Wortlos zog er die vor Kälte und Aufregung Zitternde an sich, schlang die Decke um sie und konnte nichts sagen wie: »O du Kameel, ich hab' dich doch gern«, und vor Rührung schrie er es ganz laut.

Ein paar Wochen später.

Nannei stand in ihrem »Gartl«, hielt die Hand vor die Augen und schaute den Staren zu. Kaum sah man sie in der Pracht der Apfelblüten, die kleinen, schwarzen, glucksenden Vögel. Ringsum blühten die Obstbäume. Wie riesige Sträuße sahen sie von oben aus, blaßrot und weiß, die Landstraßen leuchteten weithin aus Saatfeldern und Wiesen heraus mit den Umsäumungen der Blütenbäume, die Dörfer ringsum waren untergetaucht, verschwunden unter der Fülle der blühenden Pracht. Weithin prahlten die Wiesen, strotzend grün mit bunten, gelben und roten und weißen Flecken.

»Aber Nannei, heut ist es schön!« rief Elisabeth, »schau nur, schau die Bienen!« und jauchzend lief sie den Heckenweg weiter im dichten Grase. Nannei zeigte Ernst den Staren, der die brütende Starin zärtlich fütterte. »Da geit's bald Junge, siehgst'n?« meinte sie lachend und zwinkerte mit den Augen.

Elisabeth rannte noch immer an der Hecke hin, streichelte die Blätter, bückte sich zu den Blumen, schaute in die blühenden Baumkronen, breitete lachend die Arme aus und lief Ernst wieder entgegen: »O wie glücklich, wie glücklich ich bin!«

Das Nannei drohte mit dem Finger und deutete schmunzelnd nach dem »Starl«.

»Du bist ja, wie wenn du einen Rausch hättest Kleine, ich hab dich noch nie so gesehen.«

»Einen Frühlingsrausch wahrscheinlich. Als ob du wüßtest, wie gern ich das alles habe. Noch viel lieber wie früher, weil ich in der Stadt eingesperrt war.«

»Du hast drinnen aber nie etwas gesagt«.

»Wozu denn? Ich war einmal mit dir gegangen und –« sie hielt inne, weil Ernst immerfort den Kopf schüttelte.

»Was ist los? War das dumm?« –

»Nein, ich weiß nicht, du bist ganz anders, so fremd, deine Augen glänzen und man meint, du möchtest tanzen vor Vergnügen.«

»Weil alles so wunder-, wunderschön ist, spürst du's denn nicht da drinn? Ich möchte ja singen und schwätzen und lachen immer, immer und springen und laufen, weil's gar so schön ist. Ich kann's ja nicht recht sagen, aber alles freut mich, und ich möchte die Bäume umarmen und die jungen Blätter küssen, die Blumen streicheln, daß sie da sind und die Sonne möchte ich auffangen und bei mir behalten, es thut beinahe weh – weißt du, fest an mich drücken alles, alles. – Ach Gott, es ist ja nicht so; wenn ich dir's erklären will, wird's ganz anders, weil es nicht lustig ist eigentlich, weil mir die Thränen dabei kommen manchmal und doch, ich glaube, es kommt auch davon, daß ich dich so gern hab'.«

Sie nahm seine Hand und schaute ihn an.

Er sah ja fast aus, wie wenn er zornig wäre! Die tiefen Längsfalten, die einen ganzen Wulst zwischen den Augenbrauen vorschoben –

Ernst war auch verdrießlich. Er wußte selbst nicht, warum. Beinah that's ihm weh, daß sie so fröhlich war, so für sich fröhlich, ohne ihn, ohne daß er etwas dazu gethan. Weil er ihr das Glück nicht gegeben, und auch, weil sie ihm fremd vorkam, das war unbehaglich, daß er ihre Freude nicht mitfühlen konnte. Aber er hätte doch froh sein sollen, sie so überglücklich zu sehen, er wollte es ja, gequält hatte er sie genug – ganz fest versprochen hatte er sich's: sie sollte glücklich werden, er hätte ja ein Untier sein müssen, wenn – Fest legte er den Arm um sie und sah sie bittend an. Wie ängstlich ihre Augen waren, »Nein Maus, nein!« sagte er zärtlich, da war sie schon wieder zufrieden.

Als sie oben bei der alten Kirche standen, packte auch ihn die Frühjahrstrunkenheit. Das ganze, weite Thal voll Licht und Blüte. Wie ein Taumel des sich Entfaltens, ein süßes Geheimnis des Werdens stieg es auf, ein Gottesdienst der Schönheit, des Genießens, ein Jubel ohne Ende –

»Siehst du's Ernst?«

»Was denn?«

»Das Haus drunten, unser Haus. Ganz allein, wie eine Einöde. Gelt, wir brauchen auch niemanden, wir wollen nichts wissen von den Leuten und du, du denkst auch nimmer daran.«

»Woran?«

»An sie; du hast so viel von ihr erzählt. Weißt du, die du so arg gern gehabt hast, und sie hat nichts gemerkt.«

»Nein Herz, ich habe ja dich.«

»Und wir bleiben beisammen immer, immer?«

Ernst drückte sie fest an sich.

Wie gern hatte er sie, wenn sie so ernst war. Da fing sie plötzlich zu lachen an.

»Jetzt kichert sie auf einmal wieder. Unbegreiflich! Leichtsinn!«

»Halt wegen dem.«

»Halt wegen was?«

»Wegen dem, was du nicht weißt.«

»Ah, eine Neuigkeit! das wird was sein!«

»Dann sag ich's eben nicht.«

»Laß es nur gehen.«

»Aber du sollst's wissen.«

»Ich bin gar nicht neugierig.«

»Geh, rat halt!«

»Ich bin zu faul.«

»Aber du mußt es wissen.«

»Ich will gar nicht.«

»O du, jetzt sag' ich's g'rad!«

Sie faßte ihn beim Rockärmel und rieb sich immerfort ihre Nase an dem rauhen Stoff, dunkelrot im Gesicht.

»Es ist – weil – nun – im Herbst eben, es ist zu komisch – da kann ich nicht mit dir da herauf gehen, weil – nun so sag's doch weiter, weißt du's denn nicht? – weil – wir ein Kind kriegen.«

Und im Nu war sie über den Hügel hinunter und unter den grünen Hecken verschwunden.

»Du –! du! Kameel!« mit den Armen fuchtelnd und den Mund wie zum Pfeifen spitzend, lief ihr Ernst nach.

»Kammmeel!« rief sie ihm aus ihrem Versteck entgegen, und er zog sie an beiden Händen heraus. Da standen sie nun und schauten sich an und schnell wieder zu Boden, lächelten sich mit fremdem Lachen zu und wußten nicht, was beginnen.

»Aber Mädel, Mädel!«

»Ich habe doch nichts Dummes gesagt?«

»Nein, das Gescheitste, was du bis jetzt in deinem Leben gesagt hast«, und er küßte ihre Stirne, dann erst ihren Mund, aber zögernd, scheu, strich ihr über die Haare, die Finger zitterten ihm.

»Freut's dich?«

Da nahm er sie auf den Arm und trug sie über die Wiese in den Wald. Die Äste rissen an ihren Haaren, und die Blätter schlugen ihr ins Gesicht. Er merkte es nicht, und sie hielt ganz still ihren Kopf an den seinen gedrückt, bis sie in die Lichtung kamen, wo man das Haus drunten liegen sah. Kaum hatte er sie auf die Füße gestellt, da war sie fort, hinunter den Feldweg, zwischen den Hecken, heim. Er schloß die Augen und sah sie vor sich in ihrem hellen Kleide immerfort über den grünen Hang fliegen, hinunter – hinunter –, hinunter, immerfort im Sonnenschein, immerfort mit diesen glücklichen Augen, immerfort in der jungen Frühlingsherrlichkeit, wie wenn sich alles um sie dränge, sie schmeichele, liebkose, wegen ihr da sei – – –

Zu Hause fand er Briefe. Auf einen stürzte er sofort los, Elisabeth sah es gleich. Auch daß er rot wurde, rot bis unter die Haare und daß er wieder die Falten auf der Stirne zog, sie kannte sie schon –, wenn er ratlos war oder ärgerlich. Fragen mochte sie nicht, und er sagte kein Wort. Kramte nun so in den anderen Briefen herum, machte einen auf, las ihn zur Hälfte, legte ihn wieder hin und nahm einen anderen. Zuletzt ließ er alle liegen und ging hinaus, den ersten hatte er aber doch mitgenommen. Und der war von einer Frau. Sie hatte es an der Handschrift gesehen, ganz deutlich.

Wie wenn ihr plötzlich etwas genommen würde, war's ihr auf einmal und sie war so überglücklich heute gewesen.

»Frau von Tilgner wird nächstens hierher kommen.« Im Eintreten sagte es Ernst, kurz und mürrisch schien ihr. Elisabeth stellte erschreckt den Maiblumenstrauß weg, den sie ordnen wollte.

»Wie, die will kommen? und vorhin haben wir erst davon gesprochen – nein Ernst, mach keine schlechten Witze.«

»Doch sie kommt.«

»Sie soll weg bleiben, schreib ihr nur.«

»Unsinn! ich kann's ihr nicht wehren. Sie wohnt ja nicht bei uns.«

»Aber ich will nicht, ich weiß, wie das wird, ich mag sie nicht haben.«

»Sei doch vernünftig, wenn es nicht anders sein kann! Kann denn nicht jedermann hierher aufs Land?«

»Ja gewiß. Aber – hast du ihr denn geschrieben–?«

»Daß sie kommen soll? Ist mir nicht eingefallen.«

»Nein, ob du ihr überhaupt geschrieben hast, du hast nie etwas gesagt.«

»Muß ich denn das sagen? Geh, geh, das ist kindisch. Du weißt ganz genau, daß ich an alle möglichen Menschen schreibe, ohne dir's anzukündigen. Fällt dir gar nicht ein zu fragen, da, da auf einmal« er riß zornig an seinem Schnurrbart, »ist denn das etwas anderes wie Eifersucht? Jetzt weiß ich auch wie's wird!«

»Sie soll fortbleiben, ich will sie nicht hier haben! Weißt du nicht vorhin, Ernst? Bitte laß sie nicht hierher!«

»Aber das sind ja Dummheiten. Ich kann ihr doch nicht schreiben, daß sie wegbleiben soll, ich kann nicht, sei doch vernünftig!«

»Du wirst sehen Ernst, dann ist alles aus. Und nein, und nein, ich will sie nicht haben!«

»Das ist doch wirklich großartig. Ob es dir nun recht ist oder nicht, ich sage dir einfach, sie kommt und damit basta. Ich weiß sicher, es ist nur dumme, kindische Eifersucht, wegen früher. – Und wenn sie da ist, nimm dich zusammen, da verstehe ich keinen Spaß, ich will mich nicht mit dir schämen. Ja, schau mich nur an, sie ist Dame bis in die Fingerspitzen, die, ja die ist eine wirkliche Prinzessin. – Das bitt ich mir aus, geheult wird jetzt nicht, sonst will ich gar nichts mehr von dir wissen heute. Nein, nein, sage lieber nichts, ich habe genug, ich will nichts hören.«

Jetzt war es ihm recht, daß sie kam, gerade wegen ihr. Das war doch zu verrückt, einen solchen Radau deswegen zu machen. Im Anfang hatte es ihn ja selbst gewurmt, daß sie so hereinschneien wollte. Wie eine Indiskretion, eine häßliche Neugierde erschien es ihm. Nun war es doch gut wegen Elisabeth. Sie mußte sich daran gewöhnen, daß er auch mit anderen verkehrte, er sollte wohl immer bei ihr hocken und keinen Menschen sonst haben. Und es war so notwendig für ihn jetzt, er mußte sich aussprechen können, mit Elisabeth konnte er nicht reden, mit ihr schon. Wochenlang saß er hier außen, hatte keinen Strich an seiner Arbeit gethan und jeden Tag wurde der Ekel daran größer. Elisabeth fiel es gar nicht ein darnach zu fragen, bei ihr – das erste Wort, das wußte er. Und darum, auch darum war es gut, daß sie kam. Aber dennoch blieb es eine dumme Geschichte. Sie würde sein Glück mit Elisabeth nie verstehen, ihm vielleicht daran verderben.

Den ganzen Tag war er mürrisch, schlürfte und knurrte im Hause herum. Immer mußte er Elisabeth beobachten, mit den Augen der anderen anschauen, und da fand er so manches was sie belächeln, vielleicht bespötteln würde. Er ärgerte sich über sie, über sich, über Elisabeth. Wie blöd sie herumging, so stier nachdenklich. Zu lächerlich, solche Aufregung wegen einer Bagatelle. Dabei that sie ihm wieder leid, und als sie abends still auf dem Divan saß, ging er zu ihr hin, faßte sie am Handgelenk, sie ein wenig schüttelnd, weil er noch immer ärgerlich war: »Warum sagst du denn gar nichts? Bist du etwa gekränkt?

»Ich wollte nur still sein, weil du zornig warst und aufgeregt.«

»O du Dummes! Aber du siehst bleich aus, bist du denn wohl?«

»O ja.«

»Auch nicht traurig?«

»Ein ganz klein, klein wenig, du hast mich doch noch lieb?«

»Du dumme Maus, ja!«

»Gewiß?«

»Gewiß du Kind.«

»Schatz war ein bisl bös mit mir heut!«

»Ja das war ich. Du mußt mir verzeihen, ich war so wütend über deinen Eigensinn, das reizte mich. Schau, mir war's gar nicht recht im Anfang, ich habe ihr nur einmal geschrieben, und nun kommt sie gleich! Und dann siehst du, ich kann nicht arbeiten, bin so abgespannt, das drückt mich, und sonst noch vieles, ich muß mit ihr darüber reden, darum ist es doch gut.«

Nach einer Pause legte ihm Elisabeth die Hand auf die Schulter.

»Kannst du mir nichts sagen?«

Ernst hörte nicht darauf. »Du wirst ihr auch nicht gefallen.«

»Ist das ein Unglück?«

»Ich will's aber haben.«

»Ich will mir alle Mühe geben.«

»Und dann die Eifersucht.«

»Ich bin nicht eifersüchtig. Gewiß nicht. Es ist doch so einfach. Ich bin ja deine Frau, aber – wenn du sie lieberhättest – so, das war's, warum ich mich sorgte.«

»Geh, geh, die Tragik!« Ernst lachte gezwungen. »Gott, Maus, das ist alles so dumm, wir haben uns doch lieb. Ich weiß ja, ich bin ekelhaft und könnte manchmal den ganzen Tag an dir herumnörgeln, ich verstehe gar nicht, was es ist, besonders heute, wenn ich an sie denke. Ich möchte dich anders haben, es ist ja häßlich von mir, dich so zu plagen, besonders jetzt, heute, wo ich doch weiß – ich muß krank sein.«

»Ja Schatz, das hat mir weh gethan, daß du es ganz vergessen hast, – das, weißt du – was ich dir gesagt hab? –«

»Nein, nein, mein Herz, ich habe es nicht vergessen.«

Er nahm ihre Hand und küßte sie, langsam, scheu. Langsam drückte er den Kopf an ihre Brust, langsam sank er ihm auf ihren Schoß. Und es quoll auf in ihm, heiß und mächtig die große Scheu vor diesem ewigen Wunder, das Beben vor dem Unbegriffenen, das sich Beugen vor dem geheimnisvollen ›Es werde‹.

»Du, ich bin so arg neugierig.«

Auf dem Weg zur Bahn war es, sie wollten Frau v. Tilgner abholen.

»Was es wohl werden wird. Ein Prinz oder eine Prinzessin? So wie im Märchen, gelt? Ein wirklicher Prinz oder eine wirkliche Prinzessin, oder so wie du oder wie ich, keine wirkliche« – sie schielte nach ihm, es hatte ihn schon geärgert, aber sie konnte es nicht lassen. – »Ich zähle es manchmal an den Knöpfen ab, oder an den Schritten, bis da oder dahin, grad oder ungrad. Ich freu' mich so! Wenn es nur ein Prinz wäre, wie du, ein wirklicher.« –

»Schäm dich lieber so kindisch zu sein. Du ahnst gar nicht, was mit dir vorgeht. Immer und immer und immer derselbe Leichtsinn. Eine Sünde ist es beinahe, daß so ein Geschöpf, ein solches Kind Mutter werden soll.«

»Ernst ich kehre lieber um, du warst vorhin schon so aufgeregt.«

»Nein, geh nur mit.«

Vorhin hatten sie schon gestritten.

Nichts war ihm recht. Nicht recht frisiert, nicht recht angezogen, zu geputzt, zu absichtlich schön, dann ging sie nicht recht, und dies und jenes, er trippelte fortwährend vor Ungeduld.

»Heit hot's 'n awer wieder!« meinte das Nannei im Vorbeigehen halblaut zu Elisabeth. Aber Ernst hatte es doch gehört, und nun brach das Schimpfen los über die Bauernwirtschaft, das Hocken auf dem Land. Was für eine Dummheit, für so lang einzumieten, immer mit denselben idiotischen Bauerngesichtern zusammen sein, das schlechte Bier trinken müssen. Und die Kühe brüllten zu laut, und der Herd rauchte zu oft, und das Nannei und der Ani kümmerten sich viel zu viel um sie; alles, alles war nicht recht, selbst Romano, der freudebellend nachsprang, bekam einen regelrechten Fußtritt. Und wie hatte ihn Elisabeth geärgert! Durchaus wollte sie nicht mit zur Bahn. »Was thu ich dabei? Du hast ja selbst schon gesagt, daß sie sich nichts aus mir machen wird!«

Ja das that sie auch und er meinte selbst, Elisabeth wäre besser zu Hause geblieben. Sie war ja lieb mit ihr, aber da war so viel Protegierendes bei der Begrüßung, so viel Hinabneigung zu ihr: »Oh, sie ist ja sehr hübsch!« sagte sie ganz laut zu Ernst, »eine allerliebste kleine Frau,« aber zu ihr selbst nicht viel weiter. Elisabeth mußte stumm neben den Beiden hergehen. Die hatten sich so viel zu sagen von früher, von gemeinsamen Freunden, von allerlei gelehrten Sachen, die sie nicht verstand. – Ernst hatte ganz vergessen, daß sie auch da war. Nicht weil sie ihn geärgert hatte, er dachte wirklich nimmer daran. Nimmer, wie sie aussah, nimmer, wie sie sich benahm, nimmer, daß er gewollt, sie solle schön aussehen, glücklich. Der Kopf wirbelte ihm. Das brauchte er, Anregung, geistigen Verkehr, Verständnis. Er hatte ja in einer Öde bis jetzt gelebt, und nun war plötzlich ein Tumult in ihm, aus allen Ecken flatterte es auf, in allen Winkeln streckte es sich. – Er hatte geschlafen, und sie rüttelte ihn auf. Nicht absichtlich, das brachte sie so mit, das war ihre Atmosphäre. Nun würde er Mut haben, Vertrauen, ihr konnte er alles sagen, wie war er froh, daß sie da war!

»Nun natürlich bist du eifersüchtig, Kleine! Die ist eine Dame, Herrgott! Du dürftest froh sein – nur den zehnten Teil – sperr deine Augen auf *Rustica*, lerne, lerne!«

»Ich will nichts von der lernen, ich kann auch nicht. Wenn du mich gern haben willst, mußt du mich gern haben, wie ich bin. Ich werde nicht anders, wenigstens nicht wie die, ich bin eben keine wirkliche Prinzessin.«

»Blech, Blech, komm doch nicht mit dem alten, albernen Spruch! Und immer *die, die*! Habe die Güte und drücke dich anständig aus, ich will es.«

Elisabeth schwieg. Jetzt war wieder gar nichts recht, seit er zu Hause war. Und sie machte auch alles verkehrt, weil er immer da saß und zuschaute. Auf einmal sollte sie alles anders machen, sollte ganz anders werden. Sie hatte gar keinen Willen, es ihm zu Gefallen zu thun, wenn ihr immer die Prinzessin als Muster aufgestellt wurde. Sie konnte sie nicht leiden, wenn sie auch lieb war mit ihr, das sah sie an ihren Augen.

»Aber ihre Augen sind doch nicht schön?« sagte sie plötzlich und in einem Ton, wie wenn Ernst schon widersprochen hätte, »so hart und grau, und lauern thun sie auch.«

Ernst sah sie an, zog die Augenbrauen hoch in die Höhe, lachte und sagte gar nichts. Am nächsten Morgen saß Elisabeth vor dem Hause und sah den Beiden nach.

Sie wäre auch gern mitgegangen. »Wir wollen sehr weit gehen, und das ist nichts für dich.« Flüchtig hatte ihr Ernst Adieu gesagt, voll Hast Frau v. Tilgner nachzukommen.

Da gingen sie nun in der Sonne, am Bach hin, schräg über die Wiese gegen den Wald. Immer kleiner wurden sie. Der rote Sonnenschirm leuchtete wie ein winziger, neckender Fleck aus all dem Grün, tanzte vor dem Berg hin und her, tauchte auf, tauchte wieder – immer kleiner – war unter den Bäumen verschwunden. –

»Nun sagen Sie mir, wie sind Sie eigentlich zu der kleinen Frau gekommen?« Frau v. Tilgner fragte das plötzlich, mitten aus einem anderen Gespräch heraus.

»Wie? – Ja sie gefiel mir eben.«

»Das kann ich mir wohl denken, aber wo und wann, das ging ja so schnell, ich war ganz baff.«

»Wo? Ich lernte sie bei ihren Verwandten auf dem Lande kennen, wann? – ja, nachdem ich, nein, nachdem Sie abgereist waren.«

»Ah – so!« Frau v. Tilgner lächelte. Ein ganz eigentümliches Lächeln, das in den Mundwinkeln stecken blieb und gar nicht bis an die Augen kam.

»Natürlich haben Sie jetzt riesig gearbeitet. Nein? Gar nichts! Wie ist das möglich! Wie kann das sein! Sie müssen doch weiter kommen! Wenn ich nicht wüßte was in Ihnen steckt! – Gerade das schätzte ich so an Ihnen, Ihre Energie, Ihre Thatkraft, und nun?« –

Ja, nun wollte er nimmer. Er konnte nicht arbeiten, er sah es ein, er taugte nicht zum Gelehrten, er mußte heraus. Aber da war die kleine Frau – er hatte sie doch nicht geheiratet, um sie vielleicht darben zu lassen – eine Zeit lang ging es ja noch gut. – »Sie weiß natürlich darum?«

»Keine Idee! Was soll ich sie damit plagen, ihr Sorgen machen.« –

»Ja, wenn Sie das nicht mit Ihrer Frau besprechen können – «

Beim Abschiednehmen faßte sie seine Hand fest und hielt sie. Sah ihn lang an.

»Ich möchte Ihnen gern etwas sagen. Ich hoffe, daß Sie mich nicht mißverstehen. Es mag kalt klingen, grausam, unmöglich, vielleicht hassen Sie mich auch deswegen, es macht mich furchtbar traurig, aber ich muß es Ihnen sagen. Ich sehe so klar, Sie hätten nicht heiraten sollen, nicht *die* Frau heiraten. Sie hängt wie ein Gewicht an Ihnen, hemmt Sie. Derartige Ehen taugen nichts. Sie sind verändert, zerfahren, und ich glaube nicht, daß Sie noch stark genug sind mit ihr – es giebt nur eines – – – ob Sie den Mut haben? – Aber um Gotteswillen, kommen Sie nur jetzt nicht auf die absurde Idee, daß ich hetzen will!«

Und danach stelzte sie mit gleichmäßigen, bewußten Schritten davon, ohne Erregung, während er sie hätte würgen können vor Wut. So, so, das war ihr Verstehen, so half sie ihm? Und hetzen wollte sie auch nicht? Was denn sonst? – Aber nein! nein! warum sollte sie das thun?

Je mehr er darüber nachdachte, je näher er dem Hause kam – hatte er denn nicht oft schon Ähnliches gefühlt, und aus Feigheit unterdrückt? Allerdings nur ganz leis, nicht so schroff, kantig herausgehauen. Konnte er mit Elisabeth etwas Ernsthaftes reden? Hatte sie nur einen Schein von Interesse für seine Arbeiten gezeigt, sich um seine, um ihre Zukunft gekümmert? Jawohl Maul auf! und die Gebratenen flogen hinein. Woher sie kamen, und ob es immer so fortging, scherte sie wenig. Aber er hatte es auch nicht verlangt von ihr, nur glücklich sollte sie ihn machen. Glücklich! bornierter Idealist, der er war! – Dann sah er sie wieder droben auf dem Berg im goldgrünen, lenzjungen Buchenwald, trug sie fest an sich gepreßt, und es war ihm als müsse er ihr eine Schmach abbitten. Sentimentalität! so würde Frau v. Tilgner sagen, ganz genau hörte er den scharfen Ton ihrer Stimme. Ja sie bog keinen kleinen Finger, ehe sie sich nicht von ihrem Kopf die Erlaubnis dazu geholt. – Verfluchter Wirrwarr! er war auch gegen sie ungerecht. Es war doch nur Teilnahme, sie kannte Elisabeth nicht, oder es war wirklich ihre Überzeugung – von nichts mehr wissen, Ruhe haben, eine halbe Ewigkeit schlafen und beim Erwachen ein anderer Kerl sein, frei, ganz frei, es war mit keiner etwas. –

»Gehst du heute wieder mit Frau v. Tilgner fort?«

»Wir haben nichts bestimmt. Ich bleibe bei dir.«

»Gehen wir dann zusammen fort?«

»Meinetwegen.«

Wie unlustig und finster er war; mochte nichts reden, nichts essen. Stocherte nur so in den Speisen herum:

»Hast du dich etwa gestern mit ihr gezankt?«

»Schwätz' doch nicht so, mit ihr zankt man sich nicht herum wie mit dir.«

Aber doch war er verstimmt heimgekommen, wortkarg und zornig. Warf sich die halbe Nacht herum, sie hatte es wohl gehört. Nicht ein einziges Mal schalt er sie, und sie machte viel nicht recht, sogar absichtlich; gar nicht geachtet hatte er darauf. Immer so mit dem Kopf in den Händen und den Fingern in den Haaren wie jetzt. Nicht einmal das hörte er, daß Ani an die Thüre klopfte mit drei Knöcheln zugleich, was bei ihm der Ausdruck großer Höflichkeit war. Nur wenn der »Herr« da war, that er es.

»Unti kemma sollst, Herr Dokder, die Herrisch' is drunt' –« er nahm die Pfeife vor Erstaunen aus dem Munde, weil Ernst ganz plötzlich in die Höhe fuhr.

»Wo ist mein anderer Rock, mein Hut, schnell, schnell! Ich kann sie doch nicht warten lassen – « »Sie könnte ja heraufkommen –«

»Ach was, Papperlapapp, wenn sie nicht mag!«

»Und ich?«

»Und du? ich weiß nicht; geh' spazieren, thu' was du willst, ich habe jetzt keine Zeit.«

Ernst war mit ein paar Sätzen über die Treppe, Frau v. Tilgner grüßte und winkte zu ihr herauf, er sah sich nicht um.

»Sakrisch, is d'r z'sammg'richt und a sauwers, schneidig's Weiwets is,« meinte Ani und kratzte sich mit dem Pfeifenstiel in seinen grauen Borsten.

Elisabeth nickte. Das fand Ernst wahrscheinlich auch.

»Thu' was du willst, ich habe jetzt keine Zeit!« Wie oft sagte sie sich das vor die nächste Zeit! Sie war fast immer allein. Wenn Ernst zu Hause blieb war er unruhig, empfindlich, gereizt. Hinter allem was sie sagte, suchte er etwas, fand überall Anspielungen heraus, daß sie ganz unsicher wurde. Sie frug ihn gar nimmer *nach ihr*, traute sich kaum ihren Namen auszusprechen. Aber einmal, als er wieder zu Hause geblieben und Frau v. Tilgner abermals gekommen war ihn abzuholen, da riß ihr doch die Geduld. Bebend vor Zorn sagte sie: »Und du willst noch behaupten, daß die nicht gewußt hat, daß du sie geliebt hast? – Die weiß auch genau, warum sie hierher kam! – Geh', nur geh' mit deiner Prinzessin.«

Da schaute er sie an mit seinen großen Augen, die ganz hart und dunkel wurden vor Zorn, und war fort. Ohne ein Wort, ohne Adieu, das erste Mal. Und nun war sie allein, immer allein. Ganz still war es um sie, sie horchte immer wie ihre Sehnsucht rief, sie langte immer nach ihm und konnte ihn nicht erreichen. Er war so fremd, verschlossen, kalt, und da kam ihr die Furcht. Wenn er sie einmal umfaßte, küssen wollte, sie anschaute, wie ein Geständnis war's, ein Flehen, – sie bangte davor, Gott, o Gott, sie konnte nicht, nein, nein! sie hatte doch das Kind, sie wollte nichts hören, drängte ihn von sich. Das Kind, das war das einzige, was sie hielt. Mit zitterndem Sehnen dachte sie daran, wünschte es herbei, wie ein lebendiges Wesen war es ihr, das ihren Kummer verstand, mitfühlte, das ihr, ganz allein ihr, gehörte, das ihr niemand streitig machte, auch er nicht. Ein Wesen, dem sie alles gab, alles sein mußte.

Wie war sie anders geworden! Ernst hatte Scenen erwartet, Vorwürfe, kindische Quälereien, Zornausbrüche, aber nicht dies stille Zuschauen. Im Anfang war sie wohl trotzig und wollte auch mit ihm auf dem neuen Weg laufen, hängte sich an ihn, dann kam dies Nachschauen, Zaudern – und nun schien sie einen Weg für sich gefunden zu haben, einen stillen, sicheren Weg, ein eigenes Leben, ein Leben in der Zukunft, ein Leben mit dem Kinde, ein Leben, das mit ihm nichts zu thun hatte, das ihn zur Seite schob. Er fand sie oft wie im Halbschlaf, ruhend, lächelnd, leise flüsternd, allein und wie erwacht erst, wenn er zu ihr sprach. Und der unruhige Wunsch wachte auf in ihm, sie wieder so zu sehen wie früher, nicht ernst und wehmütig, ihm so fern. Er hatte sie ja wieder lieb, er sehnte sich nach ihr, nur aus trotzigem Eigensinn lief er noch jeden Tag mit Frau v. Tilgner. Das war auch wieder ein Idealismus gewesen, was er von ihr erwartete. Im Anfang ja, das that wohl sich Alles vom Herzen reden zu können, das that gut, diese Vernunft, dieses verständige Sichhineinleben. Aber die Teilnahme hielt nicht lange. Sie wurde müde, sie wollte ihn ungeduldig anders haben, er langweilte sie, weil er nicht der war, den sie sich vorgestellt, weil er nicht that, was sie wollte. Und sie hatte etwas gewollt von ihm von Anfang an, und wenn es nur der Reiz war, sein Schicksal zu dirigieren, wenn es sie nur prickelte mit seiner Zukunft zu spielen.

Ihm paßte auf die Dauer die geistige Seiltänzerei nicht, die sie liebte, dies ewige Stehen auf einem Bein vor lauter Geistreichsein, dies Witzigseinmüssen und gelehrt um jeden Preis, da war er zu ungelenk dazu, es blendete ihn auch nimmer, hier allein mit ihr. In ihrem Salon ja, aber bei den Bauern? Und noch eins. Am letzten Tag kam es heraus. Sie hatte ganz unerwartet von ihrer Abreise zu sprechen angefangen. Sie wollte am nächsten Tage fort. Es war spät am Abend und stürmisches, regnerisches Wetter geworden, als er sie nach Hause brachte. Unter der Thüre blieb sie stehen, still eine Zeitlang, dann fragte sie zögernd, und er glaubte ihre Blicke zu fühlen: »Wollen Sie mir, weil ich morgen abreise, nicht doch noch ganz offen sagen, warum Sie Ihre Frau geheiratet haben?«

Sie hatte nie mehr von Elisabeth gesprochen, ihren Namen nicht genannt.

»Ich habe gar keinen anderen Grund als den, den ich Ihnen schon gesagt, weil sie mir gefiel.«

Er stand noch eine Weile neben ihr, dann streckte er ihr die Hand entgegen. Sie nahm sie flüchtig, und ihr Lebewohl klang kühl. Ernst ging traurig weg. Es that ihm weh, daß es so schal zu Ende gegangen war; er hatte einen dumpfen Widerwillen gegen die Frau, die er nun kannte, sehnte sich nach der, die er früher geliebt – alles um ihn war öde, dunkel, schwer, wie die Nacht ringsum. Und jetzt sollte er zu Elisabeth und ihr sagen, ich kann mein Versprechen nicht halten, dir nicht das Leben bieten, von dem ich dir gesagt, hast du den Mut, mit mir ins Ungewisse zu gehen? – Jetzt? Und plötzlich kam eine Angst in ihn. Wenn ihr etwas passiert war? Wie wenn sie nicht mehr da wäre, wenn er heim kam, weil er so lang, lang von ihr fortgeblieben. Eine schmerzende Unruhe trieb ihn, wie die Ahnung von etwas Schwerem, Fürchterlichem lag's auf ihm, wie wenn er ein Unglück mit sich zu tragen hätte, unter einer Schuld keuchen müsse. – Voll Schweiß und zitternd vor Erregung kam er vor dem Hause an. Still alles und dunkel, nur aus dem

Schlafzimmer ein müdes, stummes Licht. »Wie ein Totenlicht«, durchfuhr es ihn. So weiß und still lag sie auch in den Kissen, wie eine Tote, das kleine, zage Licht mit dem bläulichen Schein ihr zu Häupten. Die ganze Nacht träumte er davon, sah sie im Totenkleide, hielt sie mit grauenhafter Angst umklammert, weil sie kamen und sie fortnehmen wollten. Dann sah er sie in der Erde liegen, sah Schaufel nach Schaufel auf ihren Leib werfen, und sie war lebendig. Immer höher stieg die Erde, bis an ihr Herz, ihren Mund, ihre Augen, und er war gebunden und mußte hören, wie sie um Hilfe bettelte. – So ging es fort die ganze Nacht. Als er am Morgen erwachte, war niemand im Zimmer, er rief, niemand hörte, da ging es von neuem an. Ein paar Mal war ihm, als höre er Elisabeths Stimme, aber ganz leis, kaum bewußt, nebelhaft verklang der Ton, dann flüsterte man, es war ein vorsichtiges Tappen um ihn, hohl wie aus weiter Ferne. Zuletzt wurde es totenstill, dunkel und erstorben, in einer endlosen, hallenden Weite lag er und fühlte, wie sein Leben verrann. Langsam sickerte das Blut aus seinem Körper und er sank und sank und sank. Aber da hielt ihn jemand. Er öffnete die Augen – Elisabeth. Sie hatte den Arm unter sein Kissen gelegt, er sah ihr weißes Gesicht dicht vor sich, – da war er schon wieder eingeschlafen. Nach ein paar Stunden ward er abermals wach und sah sie deutlich neben sich, den Kopf geneigt und die Augen voll Thränen. Er wollte reden, aber sie winkte ihm, daß er still sei. Sie streichelte ihn, fuhr ihm über das Haar; weich und sanft waren ihre Finger, sie neigte sich über ihn und ihm wars, als müsse nun Ruhe für ihn kommen, Genesung und Stärke. Da fielen Thränen in sein Gesicht, immer mehr, Schluchzen packte sie, sie legte ihre nasse Wange an die seine und stockend stieß sie heraus: »Ernst muß es denn sein? Hast du sie lieber? Ich kann nicht – bleib bei mir – das Kind –« mehr verstand er nicht, gurgelnd war es in Stöhnen übergegangen.

Und er versuchte den Kopf zu heben und sie anzuschauen. Es ging nicht, und er mußte es gerade in die Luft hinaussagen, stockend und schwerfällig: »O du – Kameel – ich – hab' doch dich – lieb«, schrie Elisabeth mit zuckenden Lippen. Sie wollte auf und ihn an sich drücken, doch besann sie sich noch. Sanft nur legte sie die Lippen auf die seinen, den Kopf an seine Brust, küßte seine Finger, und es war wie Jubel in ihren Küssen und Leuchten in ihren Augen. Leise Worte sagte sie ihm, thörichtes, unzusammenhangendes Zeug, stammelnde Sehnsucht, lallendes Glück. – Ihre Wange lag neben der seinen auf dem Kissen, Immer zögernder kamen die Worte, lösten sich immer langsamer los, zuletzt ruhte sie neben ihm, still, das Glück und die Genesung nicht zu scheuchen und auch ihre Lider schlossen sich und sie blieb regungslos neben Ernst liegen, während er einschlummerte. Nun kamen für ihn die Tage der Genesung. Ein stilles, müdes, glückliches Ruhen mit der matten Schwäche im Körper, lauschend auf das tappende Nahen der Gesundheit, auf das leise Schwellen und Wachsen der Kräfte. Wie eine Pflanze. Erschauernd fühlte er die Sorgfalt und Liebe und Hingebung über sich rieseln, trank lächelnd die Sonne, die Wärme.

Und die Sonne, die Wärme war für ihn Elisabeth. Er sah nur sie, fühlte nur sie und durch sie das Leben um ihn, das Leben in dem kleinen Hause, das Leben draußen. Von ihr kam ihm Freude, Genesungsmut, Stärke, aus ihren Händen, ihrem frischen Munde, ihren geflüsterten Worten.

An einem warmen Juniabend saß er zum erstenmal wieder aufrecht in den Kissen und sah hinaus auf die reifenden Felder, die Wiesen, strotzend im satten Saftgrün. Elisabeth hatte alle Fenster geöffnet, und der süßherbe Kraftgeruch des allerersten Heues kam schwer und würzig in breiten Schwaden herein.

»Ani und Nannei haben es heute gemäht. Die erste Wiese. Jetzt wenden sie's. Siehst du dort, ganz in der Ecke unter dem Berg, dem Riesenkopf, siehst du sie? Ani mit den weißen

Hemdärmeln und Nannei mit dem gelben Tüchel und Romano, schau, er ist auch dabei. Kannst du das sehen, thut's dir nicht weh? Die Augen? Gelt, wie blau, wie veilchenblau der Riesenkopf heute aussieht, und wie schön das Getreide davor und die vielen, vielen Mohnblumen, wie die leuchten, das freut dich doch, Ernst?«

»Und dich, Lieb! Was wirst du machen, arme Haut, wenn wir im Winter in der Stadt sind! Du wirst viel, viel Heimweh haben!«

»Ich? Aber Ernst! Ich hab' doch das Kind! Ich kann ja gar nicht warten, bis es Winter ist und wir drinnen sind, mitten im Schnee und es ist heimlich warm bei uns, und es ist da, ist bei uns. Gar nicht ausdenken kann ich's. Denk' nur! Das ist du und ich und nicht du und ich und doch wir Zwei, ein Stück von mir und von dir und doch etwas für sich. Und ich hab's, ich darf ihm alles geben, in mir ist es, Ernst, in mir! Gar nicht begreifen kann man das, nicht? Ich könnte oft weinen, weil ich es gar nicht glauben kann – Du bist arm gegen mich, du dauerst mich oft.«

»O, mein Weib, liebe, liebe kleine Frau! Aber dann hast du mich nimmer so lieb!«

»O schon, schon! Ich hab' nur so viel an das Kind zu denken, ich freu' mich, o wie freu' ich mich! Was hast du Ernst, bist du traurig?«

»Nur ein wenig. Ich hab' dir viel, arg viel zu sagen und ich fürchte – es quält mich aber, ich werde nicht ganz gesund bis es herunter ist vom Herzen. Lieb, ich kann meinen Doktor nicht machen, ich kann nicht. Ich tauge nicht zu einem verknöcherten Gelehrten.«

»Ist das alles? Das habe ich schon lange gemerkt. Du hast ja nicht arbeiten können.«

»Ja, aber – du weißt nicht, was das heißt –«

»Doch. Daß wir mit dem Wenigen auskommen müssen, das wir haben.«

»Ja, – und jetzt wo das Kind kommt – nein –«

»Sei doch still! Ich fürchte mich nicht. Es wird schon was aus dir – ist ja gleich was –«

»Weißt du das?«

»Jawohl weiß ich's. Verhungern thun wir nicht, ich bin auch noch da, wenn es fehlt, glaubst du, daß ich dich deswegen weniger lieb habe?«

»Ja, siehst du, Maus, ich bin eben kein wirklicher Prinz.«

»Und ich keine wirkliche Prinzessin!« jubelte Elisabeth, »dann passen wir erst recht zusammen jetzt, ich bin so froh, so froh Ernst –«

»Nein, Herz, du bist eine wirkliche Prinzessin, nur nicht die aus dem Märchen, eine ganze andere, meine Prinzessin. Wie heißt es im Märchen?

Da nahm der Prinz sie zur Frau, denn nun wußte er, daß er eine wirkliche Prinzessin besitze ... Siehe, das ist eine wahre Geschichte.«

»Einen Kuß, meine Prinzessin, noch einen – und noch einen – ich fürchte mich nun nimmer!«